콩밭에서

가난한 농사꾼의 노래

박형진 시집

콩밭에서

가난한 농사꾼의 노래

보리

차례

1부

화전

우와 —
산에 저 벚꽃 터지는 것 좀 봐
가슴이 활랑거려서
아무것도 못 하겠네

유인

아침 햇발이 창호문에 비춘다
자리에서 일어났다
햇볕이 마루 끝에 내려앉았다
방문 열고 내다본다
햇빛이 마당 지나 사립문을 넘어가서
보리밭 가득한 서리꽃을 녹여놓고

곰밤부리 뿌리에 숨어들었다

가시랑퀴 대궁에 숨어들었다

붕알쟁이 잎사귀에 숨어들었다

이런!
내일부터 밭을 매야겠구나

감자 1

고양이 암상 떠는 것 같던
꽃샘추위가 가고
날이 따뜻해지자 마누라
감자 묻고 상추 뿌리라 성화다
갈아놓고 거름 다 뿌려놓은 밭에
감자 몇 두룩 그거
오늘 하지 뭐, 고개를 끄덕이다가
어이 이 사람
감자 묻고 씨 뿌리는 건
여자가 해야 밑이 더 굵다네
김은 같이 매고
밭이야 내가 갈잖어? 했더니
방구석에서 꽥, 드라마를 보던 중이던지
고양이처럼 암상이다

감자 2

감자 심다 말고 뭉기적뭉기적
마누라
엉덩이 내리고 오줌을 눈다

어이, 어이 이봐
저 산 우에서 누가 보면 어쩔려고 그래?

나는 호들갑 손가락질을 하는데
낯 두꺼워진 마누라 한다는 소릴 봐라
아, 내 밭에다 내가 거름도 못 줘?

그래 맞다 맞아!
누가 보든 말든
내 밭에다 눈다는데 언놈이 상관이람

골마리 부시럭부시럭
나도 그 자리 뻗대고 서서

오줌을 눈다

개나리 피어서 웃든 말든

등나무

일하다 지쳤는지
꽃들은 늘어지고

당신들도 좀 쉬세요
호밀랑은 걸어놓고

뒤이어 이파리들
푸르게 푸르게 일어선다

오월

양파밭 매다가
감자밭 매다가
돌아서 양파밭 매고
또 돌아서서 감자밭 매고

논에 갔다가
집에 갔다가
또 논에 갔다가
밭에 가는데

니미럴!

낮잠 자다 하품 하냐
뻐꾸기 우는 소리 너무 한가해
내 발걸음도 느려진다

관절염 1

비가 오려고 이렇게 꾸무적한 날은
누가 나를 땅속 저 깊은 곳에서
어서 오라고 마냥 잡아당기는 것 같다
뼘만 한 가을 해 아침 먹으면
트림 한번 할 새 없이 밭으로 내달아야 하는데
밥상이 나기 전 나는 제사상 받은 사람같이
상머리에 눕는다, 아니 저절로 몸이
방바닥에 가 들러붙는다
그러면 천 번도 더 나와 싸우지, 일어나자
일어나자 일어나자 일어나자
하지만 그 무슨 질긴 귀신이 내 온몸에 붙어
나를 잡아 누르느냐, 팔 다리 어깨 허리 심지어 내
머릿속까지
사지를 잡아 사정없이 비틀고 찢어가고 골을 빼가니

어찌한단 말이냐

이 귀신은 우선은 약이 한 가지 있는지라
눈물을 머금고 나는 아침부터 아내 몰래
먹기 싫은 술을 억지로 한잔
몸에 바친다.

관절염 2
— 콩밭 김

아직 멀었지
한 방울의 이슬을 얻기 위해
달팽이는 온 우주를 등에 지고
새벽을 향해 밤새
배밀이를 하는데

앉았다가 섰다가
두 발이다가 세 발이다가
끊어진 지렁이처럼 뒹굴며 기는
네 발의 이 무릎걸음은

아직 멀었지
해는 신음처럼 달아올라
팔 다리 어깨 허리, 붙잡힌 육신은
이미 너의 것
뜨거운 고통만이 차라리 희열인 채

밭둑은 저 멀리
천 리도 더 남았어

새벽

소쩍새도 낮에
힘든 일 했나 보다

그렇지 않고서야
왜 저리 울고 있나

가뭄

새벽 다섯 시
일어나 콩밭의 도살이를 집는다
저번 콩밭 맬 때 미처
끊어지지 않은 실낱 같은 뿌리 하나
이슬 한 방울 맺히지 않는
돌처럼 굳은 땅에 혀를 대고
잎을 오무라뜨리며 숨을 헐떡인다

불쌍타, 해는 다시 떠오르는데
실낱 하나로 버팅기는 너와 나
이 목숨줄들이 서로
애닳기만 하다

■ 도살이 : 되살아나는 풀

23

속셈

또 날이 궂을려나
저기압이 남해상 저 어디메쯤 발달하면
내 몸엔 벌써 비 올 조짐이 나타난다
아침 밥상을 받으려 자리에서 일어날 때
무릎에선 와지끈와지끈 천둥소리가 나고
눈앞에선 휘뜩휘뜩 번갯불이 지나간다
아니나 다를까
무심코 켠 TV 일기예보는
저녁부터 비가 오겠다고
먼바다의 구름 사진이 나온다 어제 그제
여편네 넙덕지만큼씩이나
고추 심고 못자리 했는데
그것도 일이라고 나도 모르게 신음 신음……
그러다가 이게 좀 창피하기도 하여
어젯밤 그 일을 못 해서 다 이런다고
실없이 아내에게 농담을 던진다
애들도 다 나가버리고 단둘이 자는데

그 일을 못 하니 잠도 제대로 오지 않고
잠을 못 자니 따라서 머리도 멍하고
머리가 멍하니 허리도 멍하고
허리가 멍하니 거시기도 멍하고
거시기가 멍하니 밥도 못 먹겠다……
오십 넘어 쉬지근해진 아내
"쓸데없는 소리 말고 어서 밥이나 먹으세요, 잉?"
제 속은 있는지 수저를 건네는데
이런 때는 그냥 빨리
낮부터라도 비가 와야 쓰겠다고 나는
어설픈 속셈이나 한다

아내와 싸운 날

아내와 싸운 날
아주 사소한 일로
그러니까 기나긴 장맛비가 시작되어
오늘은 내 방 책상이나 치워 보려는데
겁 없이
계획도 없이
다른 곳까지 손을 대다가

꽃밭가에 앉은
꽃밭가에 앉은 아내에게
"그러다가 살림살이는 언제 하누?"
불집을 이루고서는 큰소리였다

좋은 청소를 하다가
마음에 나쁜 때를 얹었네 그러니
책상에 앉은들 고요가 찾아올까
벌떡 일어나 상추밭으로 나아가서

한 바구니 뜯어다 냇물에 씻고
김치 섞어 전을 만들었지

"와 봐. 여기 좀……."
나는 마루 끝에다 삼삼하게 아내를 불렀고
풀린 새 없이 풀린 그 손에 저분을 쥐어주네 이제
함께 술을 한잔 마셔도 좋고
홀로 집 뒤 산길로 산책을 가도 좋다
시야 내일 쓰지
가랑비 실비가 곱게도 오는 날

꼭 한 번은

꼭 한 번은 콩밭에서 하고 싶어
칠칠이 우거진 콩밭 고랑
아내와 내가 김을 매다가
꼭 한 번은 콩밭에서 하고 싶어
나는 장난스레 옆구리를 찔렀네
우리 한번 하고 하자 응?
아내는 뚱한 표정
뭔 소린지 처음에는 몰랐나 봐
보는 사람 없을 때 한 번만 응?
그제사 내 등을 꼬집으며 이 사람
미쳤어 미쳤어 한마디
하지만 나 어릴 적 어머니
저 밭뚝 감나무 그늘 밑 콩밭 매다 땀 들이실 때
아버지 옆에 앉아 다정하게 구셨다네
그래서 내가 생겼는지도 몰라
아마 그런 건지도 몰라
콩들도 낯 붉히며

우리도 어서 익자 어서 익자
지들끼리 속삭였는지도 몰라

실망

먼 논에 가서
일하고 오다가
막걸리 한잔 생각 간절해
주막에 들르는 것
아니 좋냐만

그날사 말고
문이 잠겼을 때……

콩밭에서

던져야 했다
몸뚱이
호미 쥔 손끝이 아닌
손끝에 머무는 마음 언저리가 아닌
무릎 꿇고
두 손 받들어 입 맞추듯이
땅에 바쳐야 했다 몸뚱이

동이 땀을 쏟아야 했다

정수리에서 흐른 땀은
가슴을 타고
배꼽을 타고
자지 끝에 이르러 길을 찾다가
뜨겁게 신음하는 땅의 불두덩 위에
비처럼 쏟아지고

물에 잠긴 낙엽같이
땀에 전 살은 썩어
육즙의 냄새마저 말갛게 사라져서는
그 실금 같은
삼베올만 남아야 했다

이윽고
하얗게 바랜 뼈가
툭! 하고 일어설 때
환생하듯 피어나는 저
보랏빛 새끼 꽃들
꽃들……

함성

콩 한 말이 땀 한 말이다
숨이 턱턱 막히는 콩밭 고랑
태울 듯한 햇빛 속에 김을 매면
뚝뚝뚝 떨어지는 땀과 눈물

콩 한 말이 눈물 한 말이다
우리 아버지의 그 아버지
또 그 할머니의 할머니까지
콩 한 말이 한숨 한 말이다

콩 한 알의 땀!
콩 한 알의 눈물!
콩 한 알의 한숨이

수천수만 알의 아우성으로 한 말이다

콩을 걷다가

풍신나게 생긴 콩을 걷다가
그러니까 풀 속에서 쭉정이가 반인
콩을 걷다가 벌떡 일어나
밭둑가 호박 한 뎅이 뚝, 따들고
냇물 건너 형님네에 간다
그러면서도 중얼중얼
내가 왜 이러는지 몰라
종자라도 건질려면
저것이라도 걷어야 하는데
보리 심기 자꾸 늦어가는데
이놈 한 뎅이 종종 채 가서서
부침개에 소주나 한잔
먼 산에 단풍이 곱기야 하지만은
아침부터 왜 일하기 싫은지 몰라

■ 채 가서서 : 채 썰어서

34

달아, 솟아

달아,
솟아 콩밭에 비추거라
해 지면 한 그릇 보리밥처럼
소쩍새가 울고
낫 잡은 손은 보이지 않으니
이 콩밭은 언제 다 벨까

달아,
솟아 콩밭에 비추거라
풀섶에 내리는 차가운 이슬
어둠처럼 몸은 지쳐
지쳐 식구들 기다리는데

달아,
솟아 콩밭에 비추거라
너마저 뜨지 않는 밤 너마저
뜨지 않는 밤

노래 부르네 나는 노래하네

달아,

솟아 이 쭉정이 콩밭에 비추거라

쭉정이 내 마음 빈 밭에 비추거라

쳇바꾸

다시 밭 갈고 흙 고루어
양파 종자를 뿌렸다
작년 이맘때가 엊그제 같은데
딱 쳇바꾸 한 번 돌 시간
마르지 말라고 검정 망 씌우고
하릴없이 물을 준다
풀은 또 어찌 맬꺼나
벌써부터 머리가 샌다
뿌리고 가꾸고 거두는 일에
고달픔만이 늘 새로워
농사꾼인가, 다시
수천수만의 저 바늘 끝 싹마다
영롱하게 이슬은 빛나지만
항상 아랫니 빼서 윗니 박는 살림
걱정으로 마른다
허허……
이것도 힘이라면 힘

내 눈 속에 내리는 눈

서대문구 홍은동 산 40번지
그때도 이렇게 눈이 왔지
농사일 끝내놓고 누님 집에 다니러 간 나는
누님 도와 한동안 연탄배달을 했다
사람 하나 겨우 비낄 수 있는
꽁꽁 언 비탈길 언덕 집에
연탄 한 지게 스무 장을 배달하면
그때 돈 이백 원이 남았던가 삼백 원이었던가
몸은 온통 땀으로 젖고

하루 종일 연탄을 배달해도
덕지덕지 루핑 덮은 누님 집 부엌엔
전날 들고 간 연탄 서너 장과 보리쌀 한 봉지
방 안엔 어린 조카 셋이 이불을 들쓰고 있었다
그때 누님 나이 마흔 내 나이 열아홉
마주 보고 비탈길에 기대어 쉴 때면
밤새 끙끙대며 잠 못 이루고 앓을

가쁜 숨을 몰아쉬는 누님 보기가 참담하여
나는 한 줄 시라는 것을 썼던가
없는 사람들은 이렇게 추운 겨울을
스스로 제 몸을 태워서 견딜 수밖에 없는 것인가 라고

이제 내 나이 마흔 아홉 누님 나이 일흔
더는 올라갈 곳 없는 산꼭대기 전셋집을 전전하다
재개발 딱지 한 장 없이 누님의 삼십 년은 길거리에
나앉고
나이만큼이나 켜켜이 쌓이는 내 빚더미 시린 어깨 위에
아무것도 심겨지지 않은 저 밭 위엔
다시 겨울이 오는가 쌀밥 같은, 아
쌀밥 같은 눈은 오는가

대한에 서서

못난 놈 못난 놈아
이 봄동을 보아라
일찍이 포기 차서 단단한 배추는
스스로
부드러운 속을 감싸고 있는 그것 때문에
역설적이게도 겨울 찬바람에
얼고 썩지만

거름을 못 얻어먹고 늦되어
이파리들을 다 오므리지도 못하는 봄동은
아무리 얼어도 썩지 않고
오히려 그것 때문에 이파리가
얼음장처럼 두꺼워지지 않더냐

그것은 이미
꽃이라 부르지 않아도 꽃이었던 것을
봄은 알기에 겨울을 밀어낸다

고구마

겨우내
따뜻한 아랫목 늦잠도리를 하다가
아침을 열 시쯤 먹은 날
아내가 점심은 고구마를 쪘다
일할 때 아니니
한 끼 건너뛰어도 괜찮으련만
안 챙기면 서운한 것인지
싱건지 사발에
물큰한 고구마 한 양푼이다
반갑다
손안에 잡히는 이 뜨거운 옛날
호 호 입김 불어가며
애써 껍질 벗겨내 버리면
아버진 무지 야단이셨다 등 따숩고
배야지 불러서 그런다고
이불 속에서 기어 나와
아들놈 똑 그러는 걸 보면서

오늘 나 속으로 중얼댄다

이런 날이 지나온 만큼만 더 있어라······

꽃샘추위

아무래도
햇장이 익으려는 게다

고통 없는 성불도 세상에 있으랴만
눈물만 가득 찬 고해의 항아리에
봄 내내 묵언으로만 들어앉아
살 에던 겨울밤 신열에 들뜬 몸
풀어 붉은 마음 다 쏟아 보태더니
보태도 보태도 미침이 없어
맵찬 통고추 잉걸대는 숯불덩이로
몸에 연비를 넣었구나
그렇게 닳고 졸여도 이룰 수 없던가
스스로 불러온 마지막 결단
너를 둘러싼 철벽의 항아리
차라리 얼려 깨버리려는구나
와장창! 이룸 없이 이루려는구나

보아라, 바로 그 지점

만다라처럼 한 송이 장꽃은 피며

성불이다! 장이 익는다

2부

정화수

싱크대 수도꼭지
똑똑 새는 물 한 방울
밥그릇 하나를 받쳐두자
밤새 한 그릇
정화수가 되었다

새벽 부엌문 드르륵 여니
거기 어머니
머리 빗고
수건 쓰고
두 손 모으신 모습!

아— 잊고 있었네 우리들의 사랑
우리들의 아픔

정수리에 맺히던
서릿발 같은 아름다움을
세월의 먼지 속에 잊고 있었네

정지

오래전부터 별러
정시 아궁이 솥에 물을 넙힌다
눈이 오려나 잔풍한 하늘
높이 새하야니 연기 오른다
타는 마른 푸나무
지금껏 가을 냄새가 난다
김 자옥한 다라이 속
까마구 같은 아들놈 밀어 앉히며
서 마지기 논도 거루겠네!
나와 아내 서로 웃다
얼른, 미끈덩,
오그라진 고추자지 방안에 들여놓고
아까워라 저 물!
윗통 벗고 양말 뺀다
아들놈 뽀얀 땟구정물에
아비의 대가리를 깽기어도
개운하기만 한 까닭은

이곳이 아즉 밥 지을 때 눈물 나는

정지여서 아니더냐

밤에만 자라는 콩나물

우리 방 윗목엔
화분들이 앉아 있다
TV에도 농 위에도
탁자에도 책상 위에도, 자리를 못 잡은 놈들은
방바닥에도
철새처럼
추위를 피해온 놈들인데 점령군이다
아내는 가끔 물뿌리개를 들고 물을 주고
그들의 깃을 쪽쪽 닦아주고 나면
함께 TV를 본다 약간 우아하다 이국적이다
나는 이 틈에 콩나물 앉힌 시루 하나
슬그머니 들어놓고 불도 켜지 않은 채
밤에는 세 번씩 일어나 물을 준다
쪼그리고 앉아 한 번에 열 그릇씩, 속옷만
입은 채로다 잊지 않고
어머니 때를 기억하는 이 시루는
내 모습이 조금은 창피해서인지 화분을

두려워해서인지 밤에만 천천히
콩나물을 키워 낸다, 아니다 옛날처럼
겨우내 방안에서 나가지 않고
식구들의 호롱불 밑 이야기를 듣고 싶어서다, 화롯가의
고구마 눋는 냄새를 맡고 싶어서다
화분에게 밀려난 자기 신세가 서러워서
오랫동안 덩그렁 덩그렁
눈물을 흘리고 싶어 하기 때문이다

섣달그믐께

밤이 얼마나 지났는지
분간도 못 하던 시절
방 한구석에서 웬
비 오는 소리가 나서 일어나 보면
콩나물 시루에 물을 주고 계시던 어머니
내가 오줌 마려워 귀 엷어진 줄 아시고
오강 여 있다……
손으로 통 통 통 두드리셨다
식구들 머리 몇 지나
더듬더듬 소리 속에 오줌을 누고 나면
딩 …… 농 …… 딩 …… 농 ……
콩나물 시루도
맑고 조용한 오줌을 방안 가득 떨구고
아버지 누우신 봉창문 밑도
당신 살림만큼이나 질기게 어두워서
새벽닭이 울었나 보다
섣달그믐께

잠 못 드는 사람아
머리맡 콩나물 시루도 없이
TV를 보던 아내마저 잠이 들면
벽에 걸린 시계추 소리가 괜시리 서글퍼서
밤새
마음속 하이얀 호롱을 켜느냐

봉창문 틈새 황소바람
예전에 더 시렸으련만……

쌀

쌀을 팔아다 쌀독에 부어주는 일은
뭔가 항상 가슴 벅찬 일이다
사십 킬로그램 한 가마면 팔만 이천 원
우리 식구 달포 먹을 양이다
논농사는 지어온 지 이제 십 년이 되지만
상환료 갚느라 쌀은 다 돈사야 하고
일 년 열두 달
다시 빚일 수밖에 없는 돈으로
이렇게 한 가마씩 팔아먹어야 되는 일
아랫니 빼서 윗니 박는 꼴이다
그 희디흰 쌀이 방앗간에서 다
팔려 나갈 때
나는 기껏 손으로 한 줌을 쥐어 본다
일 년의 수고가 주마등처럼 손안에 잡혔다가
스르르 스르르 힘없이 빠져나가면
나는 또 기껏 자투리 쌀이나 몇 킬로 혹은 몇십 킬로
집으로 가져와 쌀독에 붓지 않고

"농사지은 것잉게 밥이나 한 끼 하소."
아내에게 쌀을 건넬 땐 눈물이 난다
쌀 한 톨 줄 수 없는 형제들 얼굴이 스친다
이번에도 설을 앞두고 쌀은 떨어졌다
며칠을 두고 눈은 쌀밥처럼 내리지만
어찌할꺼나 헤치고 나갈 수 없는 이 안타까움을
어찌어찌 겨우 한 포 구해다 부려놓고
쏟지 않고 부러 한 됫박씩 빈 쌀독에 부어 보는데
그 흰쌀이 더없이 곱다
내 비록 빚 중에 들어도 이 밥해서 상에 받쳐
어머니 살아계시면 얼마나 좋으냐마는 방 안에선
설이라고 내려온 새끼들 소리만 우당탕

55

설날 아침

설날 아침

다례를 지낸다

덩그런 소반엔

차 석 잔

홍시 세 알

밥 대신 차를 드리는 까닭은

일 년 열두 달

맑은 정신을 갖기 바람이다

어차피

기름지기를 경계해야 된다면

정신이 깃들 소반은

우주처럼 비어 있어야 함이다

대보름

동트기 전에 일어나
아이야
더위를 팔아라
잠든 고샅을 깨워라

세 집의 밥을 얻어
아홉 번 밥을 먹고
아홉 짐의 나무를 하러 가자

산에 더위를 팔아라
들에 더위를 팔아라

열나흘 달을 베면
눈썹이 세어질라 아이야

잠들지 말고 일어나
네 마음속 졸음을 팔아라

너와 나의 혼을 일깨우듯

대불이 튄다 꽃불이 흐른다

나숭개

땅에 몸 부리고 사는 것들은
스스로 밟히기를 원하는지도 모른다
설 지나고 며칠 후
간밤의 추위가 날카롭기 그지없는 아침나절
아직 스러지지 않은 서리꽃을 밟고 밭둑을 걸어 보면
거기
땅에 달라붙을 대로 달라붙은 냉이만이
서리를 이고 있지 않다
밟히기에 아무 거침이 없는
그 오욕과 불명예의 힘으로
땅에 오히려 더 깊이 뿌리 내렸기 때문이다
호미 들고 캐어 보면
땅에 붙엉키어 있는 뿌리의 힘이
황소 한 마리다 손아귀처럼
오그라지는 이파리는
마지막까지 땅을 붙잡고자 하는 몸부림

오십을 넘긴 빚쟁이 농사꾼의 봄이란

어쩌면 이렇게

뽑히지 않으려는 냉이의 땅을 향한 그 떨림처럼

이제 서서히 무너져 내리는 겨울 서리꽃 그 경계의
어디쯤에

고통스럽게 몸부림치며 서 있는 것인지도 모른다

비닐농부

한때는 저 가슴에도
밤이면 별빛 같은 꿈으로 여무는
씨알들이 있었지
꺼멓게 살갗이 얼어터지는 엄동설한에도
그의 가슴은 더없이 따뜻했고
오뉴월 뙤약볕 아래 삭아 내리는 육신이어도
주먹같이 자라는 기쁨으로 참을 수 있었지
제 생에 꼭 한 번뿐일 수밖에 없는 것
그러기에 스스로 거름이라도 되려는 듯
마지막엔 가슴을 찢고 온몸을 부수었지
지나가는 사람들은 걱정스레 바라보았지만
짐 지워진 그의 운명은 특별하면서도 평범해서
씨알 하나가 수백수천의 구원이 되는
산통을 견디었지
하지만 어찌하리
그렇게 처음이자 마지막으로 키워낸 씨알들이
세상에 나가 사랑을 전해 보기도 전에

누구 하나 거들떠보는 이 없어

이슬 차가운 몇 날 밤을

땅에 몸 부비며 울다 시들어 가는 것을

그러다가 따뜻한 위로 한마디 때론

이별의 눈짓 한번 나눌 새 없이

쓰레기 아닌 쓰레기로 헤어지게 되는 것을

하여 버리고 버림받지 말아야 할 것들이

어느 한순간에 버리고 버림받아

다시 한번

씨알들을 품고 싶은 꿈 한 자락도 이제

어느 밭둑에나 한으로 쌓인 채 백년 동안 고통스레

스러지고

스러지다 칼바람 으러렁대는 소리에 화들짝 쫓겨

평생 그를 감시하고 조종하던

문어발 채찍이며 상전인 전깃줄에

여기저기 머리만 풀어헤친 듯 매달려서는

죄받는다 무서웁다 목이 쉬게 울부짖는

어지러워 샛노란 저 무심한 봄 들판의
농부여 비닐농부여—

버릇

버릇이란 참으로
무서운 것이다
동학 농민 혁명 기념관으로
공동체 학생들과 봄소풍 간 날
기념관 잔디밭에 앉아 쉬는데
발밑에 난 풀들이
자꾸만 뽑아지는 거였다
누가 보든 그것은
본받아 마땅한 일
그러나 사실은
우리 집 뒷마당 잔디밭에 난 풀을
쏘옥 쏙 뽑아내던 버릇이다
양파밭 마늘밭 비닐 멀칭 속 풀들
죽기 살기로 뽑아버리고 시원해 하던 버릇
학부형 한 사람에게 고백하며 웃다가
갑자기
나는 참 못난 후손이란 생각이 들어

가슴에 손을 얹었다
구폭제민 척왜양
시퍼렇게 나부끼는 동학의 깃발
오늘 그 뜻이 더욱 새삼스러운데
반평생 풀과 함께 씨름만 하던 버릇
울울창창 뒷숲의 저 대나무
깎을 수 있으려나
죽은 듯 엎드려 밭 갈고 씨 뿌리다
그들 한번 떨쳐 일어섰듯
나에게도 그 피 전해졌기를
버릇처럼 몸뚱이에 전해졌기를

보리밭

파아란 색은 슬픈 색이다
꽃다운 것들이 하나 둘
스러져 갔어도
봐라 봄빛은 저렇게
저렇게 싯푸러오지 않느냐

귓가에 떠도는 너의 목소리
소리쳐
소리쳐 부르면
대답 없는 몸짓만 넘실대면서

보리

보리를 갈아엎는다
애시당초 거름으로 쓰려는 것이었지만
힘든 삼동도 다 지나서
푸른 이파리가 눈부시게 일어나는 것을
갈아엎는다 마음이 언짢다
몰랐을 것이다 저는
아랫녘서 따뜻한 바람이 불어오면
서로 어깨를 기대며 부드럽게 파도칠 것을
얼굴 마주 대며 눈웃음칠 것을
그러다가 사랑이 싹터 죄 없이 익어갈 것을
믿었을 뿐
그것은 나도 몰랐다 차마
이것들을 짓밟아
거름으로나 던져버리게 될 줄을
처음부터
돈이 되지 않을 것을 몰라서였다기보다
사랑의 결과를 믿지 않는

내 행동의 천박함을 몰랐다
경운기는 거침없이 나아간다 간혹
돌에 걸려 비척대는 것이
양심의 발길질 같아 괴롭기도 하지만
다시 여기에 무얼 심겠다고 이러는지
갈아 뒤엎어진 흙덩이 사이로
어쩌다
시퍼렇게 살겠다고 고개를 내미는 저것들을
로터리 칼로 저미기까지 할
어찌 보면 보리는 보리가 아닌 농부 같고
나는 농부 아닌 사기꾼 같아
경운기 쫓는 등골에
진땀이 흐른다

이팝

부러진 가지 하나
갈라진 속살 틈에서도

저 소스라치는 환희와
몸 떨리는 푸른 각오

피워 올리는구나 나무여
이 깜깜한 세상 향해

내게 농사는 1

하루에도 몇 번씩 까닭도 없이
농사를 그만두고 싶어진다

내 나이 쉰두 살 꼽아 보니 삼십오 년 정도
붙박이로 농사를 지었다
기록 세우는 것이 아닌 바에야
육십 칠십까지 농사짓는 사람과
견줄 건 없다 다만
길지도 짧지도 않을 뿐이다

방문을 열어놓고 방 안에 앉아
마당 너머 곡식밭을 바라본다
여러 해년을 나와 함께 한 땅
쉬 그만두지는 못할 것이지만
이별을 앞둔 사람처럼 이렇게
오래 바라보는 습관이 생겼다

하루에도 몇 번씩

낯선 것을 경험해 보고 싶은 마음은
아주 먼 곳으로 걷고 걸어서
한 끼 밥을 빌고 잠자리를 구한다 이렇게
단순하고 싶다는 핑계로 올해는
자잘한 남새 한 두룩 갈지 않았다

농사지은 것을 나누고
지나가는 길손에게 토방 한 켠을 열겠다는 마음이
사라져서가 아니다 이것이 죄로 갈 일인지도
모르지만 나는 문득 문득
목 안에 가득 무엇이 밀려오는 것처럼
땅에 한 땀 한 땀 수를 놓고 가는
오체투지의 신부와 스님을 생각한다

언제까지 이 풀을 뽑고 병충 걱정하며

개미 쳇바퀴 장에 갇혀 있을 텐가?
농사는 천하의 근본
가장 죄짓지 않는 게 농사여서
이로써 더없이 훌륭하다지만……

내게 농사는 2

담배밭 옆을 지나다가
길옆에서 새참을 자시는 할머니들을 보았다
이슬 찬 담배밭 고랑의 풀을 뽑던 흙 묻은 손
한 앞에 겨우 빵 한 봉지 콜라 한 컵이다
저러고는 다시 점심때까지 저녁때까지 종일
담배밭 고랑에서 흙둥구레미가 될 것이다
하루 품삯 삼만 원, 늙어 힘드는 것으로 따지면
돈만으로 셈하기에는 민망하기 짝 없다
그러나 힘 좋은 젊은이들은
곱으로 준대도 이웃의 밭고랑 대신
차라리 화끈하게 노동판을 기웃거린다
나도 한때는
하루 종일 잔자분한 농사 일품에 지쳐
여기저기 공사장 일을 다니기도 했다
그러다가 어느 해 수로 건넛논의 아저씨가
논둑에서 배밀이를 하면서 옹색스런 곳
한 줄 빠진 모를 수놓듯 때워가고 있어

한눈판 나 자신의 계산성에
깊은 부끄럼을 느꼈다
금방까지 흙미꾸레미가 되어 일을 했어도
나갈 일이 생겨 이렇게 차를 몰고 나가면
일 않고 놀러 가는 듯 미안하기만 한데
비켜 주지 않아도 될 넓은 길을 할머니들은
또 저렇게 힘겹게 비켜주신다 아 농사의 순박함이
이렇듯 높디높다
하지만 나는 여지껏 내 노동에는
신성성을 부여해 보지 못했다
많은 날들을 혼자 묵묵히 일해왔지만
남의 끼니와 잠자리를 위해서 수고해 보지 못했다

내게 농사는 3

양파를 캔다
한나절에 네 고랑
캐고 나니 열두 시다
허리는 끊어지게 아프지만
점심 먹고 쉬기에는 이른 시간이라
한 고랑만 더 해보기로
마음먹고 나아가는데
남은 반 고랑이
네 고랑보다 더 힘이 든다

이렇게는 하지 말자고
몸 아플 때는 다짐했지만
농사일이란 항상
붙잡으면 암지나 반듯해져야만
손을 놓을 수 있는 포승
숨이 다할 때까지 스스로
치달아 매는 올가미

머릿속이 점점 하얘져서
밭둑에 와르르 무너져 내려야만
자유를, 얻는다

뼈에 박힌 가난의 버릇에서 비롯한

그러나 늘 마음은
더 중심에 던져 자글자글 녹아버리거나
아주 멀리
오래 떠나고 싶은……

고추

병든 거 몇 개 따려고
그렇게 처박았더냐

고추 포기 사이사이
엎디었다 일어서면
병신아 네 얼굴이 더 붉다

차라리 뚝뚝 분질러 버리고
갈아엎어 버려라

여름내 삭아 버린
꺼먼 비닐 같은 마음이야
안다만

죽은 자식 붕알 만지기지……

자화상

마당 앞에 풀이나 뽑느라
아무것도 못 했어

거울 앞에 서면
웬 낯선 사내

오십 넘겼지 아마?

미장원에 앉아

보리는 익어 베야는데
나는 미장원에 앉아 기다리네

파마머리 두엇 있는 오전
보리는 익어 베야는데

손가락 사이 떨어지는 머리칼
열린 창문 너머 신록은

바람에 흔들리네
보리는 익어 베야는데

거울 속 머리는 세어만 가고
나는 미장원에 앉아 있네

보리, 혹은 물고기

그의 몸에선
보리 냄새가 났다

두 번의 낮이 지나고 또 한 번의 낮에
그가 무릎을 꿇고 낫을 목에 두르자
끊어진 보리 모개가 대신
발밑에 수북히 쌓였다, 꼬물꼬물

개미떼는 쉼도 없이 어디론가 가고

해가 중천에 떠서
울고 있는 그를 내려다보았다

왼쪽 어깨의 통증은
평생 보리를 베었던 그의 아버지로부터
물려받은 것이어서
땅속 엄니는

안타까이 소리쳤다

이윽고 그가 낫을 허공에 던지자
서쪽 하늘에서 초승달이 졌다, 휘적휘적

그가 걸어 들어간 못물 깊은 곳에서는
땀에 잠겼던 머리칼이
보리 모개처럼 까칠하게 일어서고
천천히 천천히 지느러미가 되었다

물에선 물비린내 대신
보리 냄새가 났다

궤적, 이도 저도 아닌

부슬 부슬
가을 해 어스름한 저녁을 짓누르며
비가 온다

산 어둠이 먼저 내린
빈 밭 끄트머리

한 사내가
담배를 피우며 서 있다

희끄무레한
반딧불이

그는 치열하지 못했다
여름내

아니 그보다 훨씬 더 오랫동안

개땅빈대나 망초꽃은
어떤 결핍과 과잉 사이에서
방황한 게 아니다

틀렸을 때 그는

더
피 흘리지 못한 것이다

짚신

신을 삼는다
작년 가을 이후
틈만 나면 짚신을 삼는다
세계화된 마당에서
짚신 신고 뛰어보고 싶어서다
한때는 나도
남들 하는 것은 다 할 수 있다고
하지만 남 다 하는 것은 하지 않는다고
생각했다, 원하던 대로
핸드폰도 컴퓨터도 하지 못하게 됐지만
이제 짚신으로 한번 그런 것들을 대신하고 싶어서다
짚신이 한 켤레 삼아지기 위해서는
오랜 시간과 많은 과정이 필요하다
뿌리고 가꾸고 거두고 말리고
그 마른 짚단을 가지런히 추리고 나면
지푸락 하나하나를 올올이 다듬어 손에 쥐어야 한다
새끼를 꼬고 날을 늘이고 신총을 내는 일

뒤쿰을 치고 들메를 돌리고 갱기를 감는 일
손가락이 갈라지고 굳은살이 박히면
다 삼아진 짚신은 되려 나에게
어서 신어 보라고 한다
고래 적부터 지금껏
네날백이 막치의 씨줄 마디마디에 끼어 있을
그 밟힘과 굴종의 힘으로 한번
무엇이 됐던 씨양, 걷어차 버리라고 한다
비록 빨리 닳아 버려지지만
버려진 농투산이의 손으로 몇백 년을 되삼아져서
이렇게 다시 네 발에 꿰어지지 않았느냐고
않겠느냐고 한다

누군들

뒹굴고 싶다
이렇게 날 좋은 날엔
뉘랴 밭에서 고구마를 캐고
콩을 꺾으며 하루 종일
뒹굴고 싶지 않으랴
내 누이의 이빨이 부러지지만 않았다면
우리의 엄마들이
울면서 머리만 깎지 않았다면
누군들 애들 손을 잡고 한나절
금빛 들판을 걸어 나무 그늘 밑
도시락을 풀어놓고 싶지 않으랴
친구들이 쫓기지만 않는다면
쫓기다 철창에 갇히지만 않았다면
뉘랴 아스팔트 흙먼지 속을
눈물보다도 더 진한 땀방울로
절하며 절하며 가고 있었으랴
다가올 죽음의 고통처럼

점점 살갗을 파고드는 이 한기 속
누군들 밤마다 촛불시위를 하고 있으랴
백날을 넘어 또 백날을 향해
이리하여 핵폐기장이 폐기되는 날
천지에 울려 퍼질 그 함성의 이명
그날이 오면
누군들 손에 손잡고 노래 부르지 않으랴
지나치는 사람마다 눈인사를 건네고
서로 어깨를 두드리지 않으랴 미움과
미움이 서로 용서를 하고 이 산하를 더욱 사랑하지
않으랴
누군들

옥탑방의 딸에게

■ 서울 딸애들 사는 곳에서 하룻밤 묵다 더위 때문에 도저히
 잠들 수 없어서 나와 새벽 지하철 속에서 쓰다.

돌아라 돌아라 돌아라!

열 받아서 돌아버리겠거든

지하철 2호선이나 타고 돌아라

사방이 턱턱 막힌 옥탑방 2층

손바닥 같은 선풍기가 밤새 돌아도

저 고층건물의 에어컨을 낳겠느냐

선풍기가 선풍기를 낳는 이 철벽의 순환!

비즐 비즐 땀 흘리다 못 견디겠거든

순환선을 타고 돌아라 거기

사람들이 졸며 절망하며 밤새워

도는구나 돌아서 직장으로 가는구나

제정신 가지고는 한시도 살 수 없는

이 열탕지옥 같은 비정의 욕망세상

또 한 대의 순환선이 굉음을 울리며 달려든다

저 견딜 수 없는 절망이 다가온다

거기서부터 시작되는 우리들의 희망을 위해

던져라 던져라 던져 차라리

대가리를 박고 온몸으로 뭉개져 버리고 싶은

아아 잠들 수 없는 옥탑방의 몸부림

춤

이것은 전복의 춤
이제껏 만들지 않았던
새로운 빵을 만들기 위한
맷돌질의 노래다

춤을 춰라!
저 불타는 벼 논 속에서

노랠 불러라!
야적의 나락 가마 옆에서

농사꾼이
지은 농사 팔지 못하고
쌓아놓고 나눠 먹을 때
역설적이게도 이것은
우리가 바라는 세상

유토피아다 춤을 춰라
세상을 바꾸는 전복의 춤
세상을 갈아버리는 맷돌질의 노래

투쟁의 제단에 바치는
농투산이의 거친 영혼에 바치는

3부

모항 1
— 수제비

싸리비가 붓질한 마당 귀퉁이
한데 귀 우그러진 백철 솥을 걸고
뒷 낭 도토리 영근 마른 푸나무
활활 때서 그들먹 수제비 한 솥
끓여내 볼거나 밀대 때서
끓일거나
맷방석에 간 밀가루, 기울 내리던 손
땀방울 볼에 연지를 찍고
고양이 놀래 달아나는 뒤란
울섶에 애호박 뚝 따 채 썰어설랑
끓일거나 희디흰 종아리
맨발로 둥둥 앞 펄 달려가던 뉘의
검은 머리채보다도 더 검은 모시조개
한 박적 캐다 넣고 끓일거나
그 박적 정하게 씻어 한가득
울타리 너머 너머로 건넬거나 어느새
장독 옆에 분꽃 피고 달맞이 피고

박꽃 피고 박쥐 날고 어느새 뒷 낭에
소쩍새 울고 소 모깃불 놓으시던
아버지 생각에 어느새 내 눈

뿌옇게 저녁 안개 끼고 뿌옇게……

모항 2
— 앞장불

별 하나 따서 구워서 불어서 식퀴서 구럭에다 담고
별 둘 따서 구워서 불어서 식퀴서 구럭에다 담고
별 셋 따서 구워서 불어서 식퀴서 구럭에다 담고
....
....

한숨에 별 열을 따서 가슴에 안고 가쁜 숨을 내쉬던
아이야
  수제비 먹고 그 별 하나씩 갱물에 물수제비 뜨던 아이
야

  지금도 앞장불에 달려 나가 손깍지 베개로 누우면
지금도
  쏴아쏴아 자갈돌에 쏟아지던 은하수와 그 갱물의 별
들
  철썩이던 소리 들리겠느냐 삐걱삐걱 밤배 젓는 소리
갈매기

울음소리 아스라이 지금도 네 여름밤의 꿈으로 꿈
속으로
  길을 내겠더냐

모항 3
— 불넘장불

꾸지뽕나무가 유달리 많았지
칡넝쿨이 얼크러져서
뒤꼭지에 있는 동네도 그만 보이지 않는 곳
일제 때 파다 만 금굴 있는 벼랑에선
밤마다 애기가 운다고 그랬어
어느 땐가 북실양반이
그 옆댕이 송전밭에서 칡을 뜨는데
저 끝을 붙잡고 누가 똑같이 당기는 소릴 해서나
칡 뻗어간 소나무 사이로 따라가 봤더니
아이쿠! 해골바가지가 물고 있었다는 곳
인공 때 사람이 많이 죽은 데라고들 했지
그렇잖아도 움푹 들어가고 후미진 곳이라
여름 콩밭 깨밭 김맬 땐 겁이 나는데
참말로 소나기라도 한바탕 쏟아질라고 해 봐
저 칠산 바다 이무기 사는 형제섬에서부터
시커먼 구름장이 밀려들었다만 하면
영락없이 송전밭 언덕배기는 와그락 다그락

귀신 도깨비들 돌담으락 져다 붓는 소리 땜에
들놓을 때도 못 돼서 호미 던지고 달아왔다고
동네 아짐들은 식은땀을 흘렸어
하지만 소나기 그친 뒤 저녁 햇살은 어느새
희디흰 뭉게구름과 붉디붉은 붉새를 만들고
장불에 널린 그 까만 바둑돌
닳아진 조가비만큼이나 많은 해당화꽃들은
붉새처럼 붉게만 피고 있었지
우리는 그 열매를 불감이라며 따 먹었고

지금은 유명한 해수욕장이 되어서
피서철 주말이면 사람구름이 피는 곳
발자국과 바퀴자국에 모든 것 사라졌으니
귀신 도깨비가 이제 살려 달라 비손하겠네

모항 4
— 수목재 몬댕이

소나기가 오려면 용이 올랐어
칠산 저 먼바다 하늘 맞대인 곳에선
검은 구름장 사이로 꼬리만 회오리치듯

머리를 보는 사람은 죽고 만다고
번개야 내리치고 천둥이 울었지만
동네 사람들 모두 뛰올라서는
행여나 조마조마 숨을 죽였어

발밑엔 깎아지른 바위벼랑이
앵두나무에 앵두가 가지껏 늘어져도
누구도 내려갈 엄두를 못 냈어
검은 바닷물 소용돌이 거품 속엔
이무기가 와서 서리고 있는다거든

가을이면 아짐들은 녹두를 땄지
저녁나절 서쪽 볕을 담뿍 받아서

사흘이 멀다 하고 녹두는 뛰는데
고개 들면 저 건너 위도 큰애기가
머리 빗고 치마 터는 바람 이는 곳

추젓 잡는 사내들 벼랑 밑을 핫쳐 가면
돛폭에 바람 안기라 수건 벗어 흔들던

모항 5
— 큰골

산 밑엔 덩그런 기와집 한 채
뒤 울엔 아름드리 돌배 한 그루

재실집 산지기는 딸이 많아서
돌배나무 돌배는 달기만 했지

술은 고주망태 키는 땅딸보
마을에 내려와 또 해를 저물리면

그림자 넷 등불 하나가
꺼질 듯 울먹이며 애장구뎅이 넘어온다

바람아 불어라!
바람아 불어라!

울안에 돌배가 울 밖에 떨어진다

모항 6
— 개 건너

만장 하나로 떠나갔네
개 건너 산에

두견새도 울어

진달래
피어나나

날 두고

몹쓸 사람아!

무덤 무덤이
희붉어

만장 하나에
호곡소리만 가득

모항 7
— 짐대거리

짚신감발이 건너갔다

냇가에 놓인 징검돌 디디고
목 부러진 장승들을 헤이며
칠십 리 새벽길 떠나갔다

구럭 속엔 깨 한 말 녹두 한 말
멜빵거리로 짊어진 사내

갑을치 넘어올 때 해 저물라
큰골 건너올 때 깜깜해질라

팔월도 열하루 줄포 장에
어서 가라 어서 가라
짐대거리 냇가에서 빌던 아낙은

하루 종일 냇돌에 방망이질 했지

흰 빨래 무색 것 빨아 널었지
추석으로 빨아 널었지, 해는
설핏 땅검이 지는데

점점 어두워지는데

짐대거리 장승목이 부러지누나
소슬한 바람만 맴을 도누나

모항 8
— 숯구뎅이

쑥이 많아서 우린 그냥
쑥구뎅이라 했지

사방을 산이 가로 막아서
봄이면 햇볕도 애처로운 곳

쑥이야 일찍 돋을 리 없어
허물어진 움집 토방 마루
손바닥만 한 햇살 속에는
숯쟁이 코흘리개 어린 딸만이

혼자 덩그마니 돋아 있는 곳

숯 굽는 내 그친 지 오래여도
숯쟁이 딸 까맣게 울먹이던 것은

쑥국새 소리만 들어서일까
쑥국만 먹고 자라서겠지

모항 9
— 턱거릿재 서낭당

산토끼가 발 맞춤하듯
숨이 턱에 닿도록 치달아 오르면
거기 초가지붕 같은 돌무더기 위
어쩌다 아직 따수운 떡 한 조각
할머니 온기처럼 놓여 있어

고갯마루 저어 밑에서부터
보따리 위에 얹어 이고 오셨을
납작한 돌멩이 위엔 어쩌다
십 원짜리 동전도 두서넛 놓여 있어

서낭당 고개 넘어 학교 가는 십릿길
그나마 우린 배 덜 고팠지
돌무더기 옆엔 꾸지뽕나무 한 그루
가지엔 오색실 색동천 늘 나부껴
어디서든 우린 넘어지지 않았지

저 봐!

방금 저 산모퉁이 돌아서시는
우리 할머니들 모습, 저어 밑에서
돌멩이 한나씩 들고 와 여기 뗀져야
다리가 아프지 않단다, 시던

문을 바르고

풀 쑤어 문 바르고
아궁이에 불 지피고 들어앉아
어두워도 밝기만 한
창문을 바라본다

문살마다 희미하게
얼비치는 꽃무늬를

가만 가만

문 밖에선
귀또리가 세나 보다

옛 애인에게나처럼
묵은 편지 한 장을 쓰다 말고
책 한 권을 새로 펼쳐든다 호롱불이
춤을 추었다

이윽토록 넘기는 책장 위에서

내 어릴 적
파도처럼
호롱불은 일렁였는데

마음마저 가난해졌단 말인가 책 위에
손을 얹고
자꾸만

자꾸만 빈 생각에 젖어드는 건

편지

가을 밤 하늘엔
별이 성기어

사람들은
별이 되나 보다

바람이 지나는
푸르른 책상

똑 똑
눈물이 맺혀

복수초 피거든

햇빛 없는 날
뒤안 화단가에 앉아서
복수초가 피거든 놀러오세요

혼자서 가만히 속삭였는데

청설모 한 마리가 솔방울 따서
툭!
던지고 달아났어요

언 땅 밑에서
아직 잠깨지 않았을 복수초
들려요? 이제 눈 뜨는 소리

복수초가 피거든
오세요 당신
햇빛 좋은 날에 봄맞이꽃처럼

불면

덮으려기 때문에 더
추워지는 걸까

나뭇가지에 삭풍 에는
밤의
남루

몸서리쳐지도록 쓰디쓴
한잔의 술과
마지막 남은 토막 담배 불빛

스러지면……

어둠은 다시 항아리처럼 덮누워 말이 없고
때론 저 혼자만 외로이
끝도 없이 속삭이는데

사랑이 이렇게 질긴 것인가

차라리 저
별빛 흔들리는 광야
끝까지 끝까지 달려가

사슴의 눈동자
터진 살 거죽으로만 잠들고 싶은

아아
잠들고 싶은

마음에 내리는 눈꽃송이들

비단이불이여—

언 발

내 어깨 위에 내리는
눈

이제 잘
녹지 않는다

잉걸불
사그라지고

녹슨 철사만 남았나

뻣시디뻣신 마음
눈이 쌓인다

후회처럼

아득한

그러나 이제

이대로 걸어가야 하지
천천히

발이
언다

동백

뒤란

동백나무 아래서
꽃망울을 바라본다

손톱만 한

아직
피지 않은
처녀의 젖가슴

푸른 물이 묻어난다

새벽마다
눈꺼풀을 밀치고 달아나버린
잡을 수 없던 꿈

여기 숨었나
언 발로 헤매다가는
꽃망울 앞에서 늙은 기침을 한다

피어나라
피어나라

피어나라 각혈처럼, 아

터지는

그러나 저

닿지 않는
금빛 동백

타오르며 얼고 있는
붉은 가슴

사월

마당 한 켠에 있는
돌덩이 하나
마악 꽃이 피고 있는 살구나무 아래
옮겨놓고
앉아 있다 일부러
그러려는 것은 아니었다
마냥
꽃나무 밑에 앉아 있을 처지는 못 되는데
돌덩이 하나가 언제까지나
마당 한구석에 있어
괜시리 옮겨 보다가 그리된 것이다
그렇다고 이리저리
돌덩이나 옮기고 있을 형편도 못 되는 사람
시도 때도 없이 울적해져서였다
살구꽃 냄새가 알싸하다
그런 줄 몰랐는데
살구꽃은 왜 알싸한지

그만 나를 잃어버리고 생각한다
겨울이 가고 봄이 오면
살구꽃도 코가 막히는지
돌덩이 위에서 한나절
재채기를 한다 흐르는 눈물이
비염 때문만은 아니라는 것을 안다 그래서
그냥 돌덩이 하나를 옮긴 것이다.

사랑니

꼭 우습게 여긴 것만은
아니었다 썩어버린
사랑니 뽑는 날
몇십 년 나를 괴롭힌
미운 정이야 시원섭섭겠다 하기도 했지만
막상 뽑고 나자
나도 모르게 찔끔 눈물이 났다
꼭 아파서 그런 것만도 아니었다
손을 그러쥐고 발을
버둥거렸던가
간호사가 안타까웠던지
이제 다 됐다고 조금만
했다 대체
무엇이 됐단 말인가
뽑고 뽑히는 일
씹고 씹히는 일
반생을 사랑하고 미워하는 게

무엇이길래 손발 버둥거리다가
양쪽 위아래 어금니
물러난 꼬라지
이제
물로 헹귀 뱉어 버리라 하는지
휑덩그레한 잇몸에
한 시간 만에 빼내라는
가재를 쑤셔 넣고 꼭 물으래서
벌린 채로 마취되어 버린 아래턱을
두 손으로 쳐올려 닫다가
몇십 년 버리지 못했던 미련도
한번 버리면 이렇게 함부로인 것인가 하고
꼭 그러려는 것도 아니었는데 이번엔
웃음이 나왔다
간호사도 우스웠을 것이다
뽑아낸 이빨을 달라는 사람을 쳐다보면서
그는 친절하게 핀셋을 집어 들었지만

내가 설마
다시 심으리란 생각은 하지 않을 것이다
나도 그럴 생각은 없다 다만
집에 싸가지고 가 내 몸과 연결됐던
피와 살점들을 천천히 뜯어내고
좀 더 자세히
다른 이빨보다 뿌리가 깊다는 그것을
들여다보고 싶을 뿐이다
그런 다음
공중에 휘익 집어 던지며
까마귀에게 물어가라고 하려는 것이다

고백

깊은 가을

깊은 밤

추녀에 울고 있는 실비 소리

오랜 방황

아픈 침묵

쓰지 못한 한 줄 시

낮에 대한 명상

사랑하는 것들일수록 항상
팔 안에 가까이 있어야 한다

돌아서서 며칠만 보지 않으면
수척스런 가시네야 금세
짙어져 버리는 가슴에 감춰
팔딱팔딱 풀여치를 기르느냐
탱글탱글 무당벌레를 기르느냐
미끌미끌 지렁이가 기어간다 호시탐탐
너를 엿보는 녀석들에게
와 누우라고 유혹을 하느냐

봐라
내 이제 사흘 밤낮이나 벼린
두 팔을 치켜들고 너에게로 달려가
한꺼번에 쓰러 안고 거친 숨을 고르며
이 힘의 강약과 빠르고 느림

선의 직곡을 교묘히 교차하여
벼락 치듯
때론 춤추듯
네 허리 아래를 유린해 버릴지니

너는 이런 새벽을 기다렸느냐
밤새 이슬을 붙잡아 목욕을 하고
거짓말처럼
뼛속까지 상쾌한 입맞춤을 하는구나
습벅— 습벅—
천 번도 더 넘게
오르가즘으로 전율하는구나

이 순간만은
서로 의심 없이 베고 베이고
베인 상처마다 우윳빛 연정을
뿜어내는 가시내야 너의

품 안에 다시 송장벌레를 기른다 해도
사랑하므로 내 더욱
날카롭고 새파랗게 벼리리라

가을 어느 날

어디서 누군가가
나에게
말을 걸어오고 있다

쏴아
쏴아
바람이 불지 않아도

잔잔한 파도
일렁여오고

부시도록 차가운
수면 위엔
더운 입김처럼
물안개 피어오른다

팔랑 팔랑

낙엽이 떨어진다

오솔길

작은 숲 어귀엔
하나 둘 옷을 벗어
흙을 덮어주는 나무들

춥지 않다고
춥지 않다고
어깨 겯고 손짓하는데

그대여—

꿈속에서 내가
그대가 쓸어놓은 이
눈부신 백사장을

한 땀
한 땀
수놓듯 걷고 싶다
말하지 않던가요?

가지 끝
새처럼 앉았다가
푸르게 날고 싶다
말하진 않던가요?

가을 어느 날……

눈의 시간

고민을 한다 달력은
12월 27일
숨겨놓은 애인에게
아니 애인이 될 사람에게
아니 애인이 될지도 모를 사람들에게
조금은 아쉽다고
눈이 오고
눈이 와서
고민을 한다
편지를 쓸까 아니면
우체국에 가
카―드를 보낼까
조금은 쓸쓸하다고
눈이 오고
눈이 와서
고민을 한다
달력은 12월 28일

장갑을 살까
목도리를 뜰까
고민만 하다가
소리 없이
내일은 또 다가오고
이 우유부단함을 조롱하듯
눈이 오고
눈이 와서
그만 이불을 뒤집어쓴다
숨겨놓은 애인에게
아니 애인이 될 사람들에게
한 발자욱도
다가가지 못하는 이것은
쓰잘데기 없는 짓이라고
쓰잘데기 없는 짓이라고

눈이 오고

눈이 와서

달력은 12월 29일

굿

굿과 사랑에 빠진 한
여인이 있어
나 또한 사랑에 빠지다

휘몰아치는 숨결
끊어 잠재우고
돌아서던 그 눈가에
이슬이 맺히면

도드밟는 발걸음 내 가슴엔
서해의 붉은
노을이 일렁인다

아— 사랑은
천지에 가득 슬픔만이 적막다가

수천수만의 꽃송이로
허공에 피어난다

수천수만의 아우성이
별빛에 부서진다

눈
— 누님

순백으로 희기만 한 것도
못 견디게 원망스러울 때가 있다

모든 것을 짓눌러 버릴 듯이
사흘 밤낮을 내리퍼붓는 눈
바짝 마른
등걸 같은 몸뚱이에 덮이던
차디찬 수의 포 같기도 해서다
그 하늘 차일 아래

물동이를 이고
샘 길을 걸어오는 누님
머리 위에 풍풍 나풀대던 눈들은
색색의 무지개 꽃송이들이었다
자태 짙은 한 그루 버들이었어
열아홉 살

바람에 휘날리던 푸르른 세월
꿈결처럼

눈보라 모질게 휘몰아 가면
어느 낯선 길모퉁이에 쓸쓸히
앙상한 뼈 하나로 누워 있어
깃털처럼
하얗게 누워 있어

오색눈의 환영만 다시
붉게 사위어 허공에 떠간다

봄비

네 발자욱 소리같이 고운 게
또 있을까

봄비—
하고 너를 부르면

잠결에서도
금방 풀내음이 묻어난다

차마 수줍어
창문 아래서

달래처럼
머리를 빗는 너

가만히
두 팔을 벌리면

지난겨울의 이별도
문득 그리웁다

꿈에 쓴 시

어젯밤 꿈에 누군가 나에게 말하기를
이 세상에서 필요한 것 세 가지
지팡이 하나와
쇠와 북 사이의 징
그리고 미친놈이라 했다

날이 어두운 것도 같은데 그는
비녀처럼 지팡이를 등 뒤에 꽂고 비틀비틀 사라지고
미친놈 미친놈 하면서도 나는
아궁이의 불을 꺼내 솥 속에 집어넣었다

어디선가 허공에 매달린 것 같은 징은
비를 맞으며 밤새 혼자 울었다

나에게는 시 짓기가 농사 짓기다

등단한 지 20년 가까운 세월 동안 이제 겨우 시집 세 권이라니, 써서 모은 것보다도 써서 버린 것이 더 많았다. 서른다섯 해 동안 지어온 농사와 너무도 똑같다. 쌓아놓아서 부자일 턱 없는 것이 이것들이겠지만 버린대서 가난뱅이일 수 없는 것도 이것이다. 내게 땅이 조금이라도 있고 몸뚱이가 아직 병들지 않은 이상 금년에 못 지으면 내년엔 잘되겠지 하는 심정으로 여태껏 농사는 지어왔고, 시 쓰는 것도 누가 알아주어서 쓰는 게 아니지만 알아주지 않으면 더 잘 써야지 하면서 써왔다. 그래서 나에게는 시 짓기가 농사 짓기다.

내게 농사는 참 여러 가지 얼굴을 가지고 있다. 삼백예순다섯 날, 날마다 다른 얼굴은 아닐지라도 변덕이 심하다. 정확히 말하면 땅은 언제나 그대로이고 농사 또한 해마다 그대로인데 짓는 내가 다른 것이다. 어느 때는 수월하다가 어느 때는 절벽처럼 막막하고, 어느 때는 성스럽다가도 어느 때는 그 반대다. 너그럽다가 옹졸해지기도 하고 게으르다가 부지런해지기도 한다. 화났다가

142

풀어지고 달아났다가도 돌아섰다. 이 모든 것들이 사랑해서였을지언정 미워해서는 아니었다. 하지만 죽일 것처럼 미워해서 피가 터지게 싸우고 다시는 보지 않을 것처럼 돌아서야 했다. 그래야 더 옳게 사랑하는 법이다. 그러므로 내가 틀린 것이며 스스로 뚫지 못할 담을 쌓듯 한계를 쌓은 면도 있다.

그렇게 훌쩍, 오십도 이제 중반이다. 지금까지 부모형제와 이웃과 식구, 하늘과 땅, 비와 바람, 그 속에 사는 모든 것들의 도움을 받으며 살아온 것을 절실히 알겠으며, 앞으로는 뭔가 전혀 다른 방식으로 살고 새로운 것을 하지 않으면 안 될 것 같은 무서운 나이임도 알겠다. 어떻게 살던 시는 내게 변함없이 위안이 되고 길을 밝혀줄 것임을 믿는다.

2011년 6월, 변산 모항에서 박형진

논으로 물이 들어가는 자유스러움

김용택

형진이는 세상에다가 하고 싶은 말이 많은 사람이다. 세상에 하고 싶은 말이 많은 사람은 가슴속에 분노를 갖고 산다. 그러나 이제 형진이는 농사꾼의 일상으로 돌아간 사람이다. 형진이의 일상이 이제 외부 충격으로 행동하는 게 아니라, 저 유구한 농사꾼의 느리고 더디고 기다리는 마음과 눈과 발걸음에서 비롯된다. 정치적인 평화가 아니라 삶에서 화평을 얻었다. 이제 콩밭에서도 아내와 그 짓을 하고 싶을 정도로 아름다운 자연이 된 것이다. 아내에게서도 이제 자유와 화평을 얻은 것이다.

나는 형진이를 사랑하는 사람이다. 형진이의 농사를 나는 이해한다. 하루가 열리는 새벽 고요를, 비 오는 날 심심해하는 그 한산함을 나는 안다. 농사는 거짓이 없다. 농사는 그 어떤 수식이 아니다. 농사는 사실이다. 농사는 엄연한 현실이다. 흙과 물과 바람과 햇살이 만들어낸 저 알 수 없는 순환의 질서를, 그 무궁한 사랑을 농사꾼은 다스린다. 꽃이 피는데 거짓이 있을 리 없다. 싹이 나는데 꾸밈이 있을 리 없다. 진정성과 진지함만이 존재

한다. 농사는 종교 이전이고 과학 이전이다. 형진이는 이제 그 이전의 세계 질서에 몸을 맡긴 이 땅에 마지막 농사꾼이 되었다.

시를 읽으면서 나는 한량없이 좋다. 글이 화평해서 좋다. 삶이 없으니, 자본에 억눌리고 자본에 끌려가는, 인간의 자존심을 지켜 내지 못해 온갖 기교를 다 부려 삶을 비트는 시들이 세상을 어지럽힌다. 그러나 형진이의 시들은 마치 논으로 물이 들어가는 자유스러움이다. 아침에 일어나 논과 밭으로 나가는 형진이에게 나는 자기를 잘 다스린 한 그루 나무를 본다.

형진이도 살 만큼 이제 산 사람이 아닌가. 세상일을, 저 더럽고 추잡한 세상을 겪을 만큼 겪고 알 만큼 안 사람이 아닌가. 아내와 콩밭을 매며 오줌도 싸고 싸움도 하는 모습은 바로 농사꾼 우리 아버지와 어머니 모습이다. 그렇게 자연이 될 때까지 얼마나 많이 땅을 파고 씨를 뿌리고 거두어 들였던가.

형진이의 시를 시로 보지 말라. 삶으로 보라. 저 수많은 자연의 질서 속에 몸과 마음을 포함시킨 자연으로 보라. 농사일로 보라. 형진이는 시 농사 잘 지었다. 벼 익어가는 논에 아무렇지 않게 부는 바람결 같은 시들이 참 많다. 마음을 열고 가만히 읽어 보면 마치 내가 콩밭에 있는 것 같다.

찬란한 봄, 농사꾼들은 세상이 다 보인다. 그 부산함이 다 보인다. 그래서 농부의 마음도 따라 부산해진다. 자연을 따라 사는 게 농사꾼이다. 농사와 함께 몸과 마음을 움직이다가 문득 허리를 편다.

우와!
산에 저 벚꽃 터지는 것 좀 봐
가슴이 활랑거려서
아무것도 못 하겠네
─'화전' 전문

아무 기교도 꾸밈도 무엇을 섞지도 않은 아주 사실적
이고 깔끔한 시다. 이제 형진이의 하루하루가 시가 될
것이다. 순간순간이 시가 될 것이다. 저 콩밭만큼 시를
잘 쓸 시인이 어디 있겠는가.

농사는 완벽한 예술이다. 우리 어머니가 가꾸어 놓은
깨밭만큼 잘 쓴 글, 아름다운 그림과 글씨와 음악을 나
는 아직 보지 못했다. 이른 새벽 논으로 나가는 농사꾼
들의 오래된 전통, 형진이는 이제 진정한 시인이다. 아
니 형진이가 시다. 형진이는 농사로 순박함을 되찾았다.
순박함을 얻는 것은 삶을 얻고 세상을 다 얻는 일이다.

굳은비 오는 날 방문을 활짝 열어놓고 비 오는 산과
들을 가만히 바라보는 편안함을 주는 농부 같은 네 시가
나는 정말 좋구나, 형진아.

콩밭에서 가난한 농사꾼의 노래

글쓴이 박형진

2011년 6월 27일 1판 1쇄 펴냄 ┃ 2012년 6월 18일 1판 2쇄 펴냄

편집 김성재, 김소영, 김용란, 양선화, 이경희 ┃ **디자인** 김은미 ┃ **제작** 심준엽
영업 김가연, 박꽃님, 백봉현, 윤정하, 이옥한, 조병범, 최민용 ┃ **홍보** 김누리
콘텐츠 사업 위회진 ┃ **경영 지원** 안명선, 유이분, 전범준, 한선회
분해 (주)로얄프로세스 ┃ **인쇄** 미르인쇄 ┃ **제본** 과성제책

펴낸이 윤구병 ┃ **펴낸 곳** (주)도서출판 보리 ┃ **출판 등록** 1991년 8월 6일 제 9-279호
주소 (413-756) 경기도 파주시 직지길 492 ┃ **전화** 031-955-3535 ┃ **전송** 031-950-9501
누리집 www.boribook.com ┃ **전자 우편** bori@boribook.com

ISBN 978-89-8428-669-6 03810

이 책의 국립중앙도서관 출판시도서목록(CIP)은 e-CIP 홈페이지
(http://www.nl.go.kr/ecip)에서 볼 수 있습니다. (CIP 제어 번호: CIP2011002410)